II

装本・倉本　修

詩集

29の欠片

〈序詩〉

海　流

うみのそこの
みえないところを
つめたいものと
あたたかいものが
ながれていて

ぼくのなかにも
そのようなものが

キズついたり
キズつけたりしながら
うごいていて

どこまでゆくのだろう

とめようとしても
とめられない
あなたへの
きもちみたい

I

ブブタロー

寺の境内のうす暗がり
物干し竿みたいな木があって
その枝に止まっていた
庭で遊ぶ子供たちを覗きこんでいた

その頃のこと
俺はお袋の薄い財布から
五十円を抜き取って走った
どうしても欲しかった本

一目散に街の本屋へ向かった
走って　走って　走りながら
胸の泡立ちを抑えることが出来なかった

そのお袋はとうにいない
だけど　あの時のことは
死ぬまで覚えていたに違いない
ひとことも言わなかったが
おくびにも出さなかったが
きっと　忘れたことはなかったはず

誰が名付けたのか　ブブタロー
幼い頃　この場所にあった
痩せた木の骨みたいな枝の上
見透かすような金色の眼で

子供たちの
胸の暗がりを覗きこんでいた物の怪
古い　愛しい傷に触れるみたいに
もう一度会いたい

＊ブブタロー＝多分、アオバズクであったと思う。

すくったぼ

小川の土手を歩けば　春
足元が心地よい
陽光で枯草がふくらむ音
のぞき込むと大きな鯉が十数匹
泥亀も流れに浮いている
もうとっくに居ないと思っていたのに

この少し先
ひと跨ぎほどの古い橋のむこうに

私の家の田んぼはある
今では自分で作れないので他人に頼んでいる
もうすぐ水も温み　田ごしらえが始まるだろう

幼いころ　ここで両親の手伝いをした
取り入れの季節には稲を刈り
藁で束ねて竹を組んだ「おだ」に掛け
暗くなるまで働いた
その合間　小川に入ってひと遊び
泥だらけになり　鯉や鮒やドジョウ
すくったたぼの中には
いっぱいの喜びが獲れた

あれからずっと夢を探し続けて来たはず
けれども　半世紀もの時間の

すくったぼの中に入っているものは
果たして何なのか
いつか　あの小さな手で摑んだ喜びほどの
無垢な感動
私はそれ以来まだ出会えていない

＊すくったぼ＝握り枠をつけた柄のない川魚漁に用いる網、川底を掬うようにして魚を獲る。
＊おだ＝おだ木の意、刈り取った稲穂を天日で干すために、田んぼ中に組んだ。

ほたる

なんと愛しい光だろう
草むれる夜
土まゆの闇から生まれ
点々と明滅するもの
あやうい背中を照らし
寄り添ってくる
揺りかごのように手のひらに包み込めば
こころの影が灯る

いつしか
まばたきの間に戯れるだけの
めぐる夏に
遠くたたずむだけの
あざむいた日々

うつむき加減にたどる
田んぼの土手の暮れてゆく仄かな小径
幼い頃の湿った懐かしさにひたれば
不意に光の尾がみだれる

――母さん　また会いに来てくれたのですね

＊土まゆ＝螢の幼虫が、蛹から羽化するために地面の下に作る穴。

歌

夜から朝にかけての、その一見たわいない重要な問題はなかなか決まらない。

ある幼なじみの葬儀にうたう歌のことなのだが、我々同級生のあいだで、農家の者の意見と町場の者の意見が分かれてしまった。

喪主と葬儀屋は、双方まとまって歌って欲しいと提案したが、何年か前に死んだ茂夫や植木屋の辰雄たちが拒んでいる。少し離れて千恵子と、やはり三年前に車の事故で死んだ洋子が背中で聞いている。

このままではいつになっても決まらない。

昔から引っ込み思案であった俺が、この場を仕切るべきか迷ったが、でも、仕切らねばならないと思い、皆を集め説得しようと話を始めた。けれども、皆は横を向いたまま聞いているだけ。俺はそれから随分しゃべったようだったが、そのたわいない、がしかし重要な問題は、やはり決まらなかった。

しばらくして、本当に不思議なことに、俺は暗闇の中で頂の見えない高い崖を喘ぎながら登っていた。そして、登りきったところは広さがわからないほど広く、そこには仲間たちが既に集まっていた。俺が登ってきた反対側の端は、なだらかな階段みたいになっていたのだ。やがて、そこだけが白々と夜が明け始めた広場の真ん中で、どこか見覚えのある男が大声でしゃべっていて、その言葉を追うように、集まっている皆が突然、友への弔いの歌をうたい始めたのだ。もちろん、死んだはずの茂夫も洋子も。

俺はいったい、この問題の何にこだわっていたのだろう。何度も振り返って考えてみたが結局わからずじまい。ただこのことは、生まれつき背中にある大きな痣みたいに、俺自身の奥底に、確かに焼き付いている。

宇《う》確《かく》

覚えているのは、「宇確」と言う奇妙な名前である。その日は風が強いがために、ある家では木造りの屋根全体が横たえた胸のように大きく息をして、膨らんだり縮んだりしている。板壁は百年の年輪を深くし、黒々と皺を刻んでいる。そんな老いぼれた家の屋根裏になぜ居たのか、理由は分からない。

その街で、私は見知らぬ人々と出会った。最初は観光客と思しき中年の男女。中国の楼閣に似た古い大きな建物を仰いでいる時、何かを話しかけて来た。二人の眼は川の澱みのように濁っており、ぼんやりとした視線で私の胸の奥を覗き込んでから、後ろ姿みたいに、いつの間にか消えた。建物は轟々と哭く風を切りながら、空の鈍色に向かってゆっくりと動いている。次に出会ったのは商家の女将とその息子。なびくように並んだ二人も、澱んだ眼で私を……。

どのようにしてその場所を離れたのか分からない。誰かにこの街の場所を訪ね、駅までの道のりを聞いた。それから闇の中を長く歩いたようでもあり、一瞬のことだったようでもあり、こうして着いたところが「宇確」であった。

(実は、「宇確」というのは街ではなく、駅の名前だったのである)

どれくらいの時間の経過の後か、気がついて古いぼろぼろの地図で探してみた。けれども「宇確」という街や駅など、どこにも見当たらない。振り返った闇の奥に、その名前だけが鮮明に残っているのみである。私は、ふと迷い込んでしまったらしい、現実とも夢ともつかないその不思議な場所で、思い出せない記憶のように、かけがえのない愛娘をひとり、失くしてしまったのかもしれない。

娘へのメール

いま　電車の中、
茂原あたり。
行き先と反対側の席にかけ、
過ぎ去ってゆく懐かしい風景を見送りながら
小椋佳を聞いてる。
お父さんの若かった頃の、
あの風景。

＊

いま　御宿、
海を見てる。
遠くから
さざなみが胸をこするみたいに寄せてくる。
その音は、
おまえにはもちろん聞こえないだろうけれど。

＊

アトリエの机に向かって
このメールを書いてる。
夜更けの開け放った窓から入ってくる、
ブルーのインクみたいな風。
お父さんの無防備な体に

ちょっと肌寒い。
今の、おまえ自身の気持ちを思って。

桜に

歓喜でもなく
狂気でもない
ただ咲くためにのみ咲いている――無心
魂が宿るというが
この桜の情景にこそふさわしい

何かに導かれる
何かに引き込まれる
ざわざわと胸底をかきむしるもの

いわれなき者たちの嗚咽か
あるいは不条理か

風よ
このうららかな季節に花びらを散らすな
枝々を揺さぶるな
鈍色の空を
思わず　あぁ――と仰ぐ
（あの気丈な娘が弱音を吐いた）

ただただ咲き乱れる花の下
傷ついた娘はとまどい　右往左往している
歓喜でも狂気でもない
得体のしれぬ魂の
無心に怯えている

＊千葉大学附属病院の周囲を桜の古木が囲んでいる。盛りの時、強い風でも吹きようものなら、まるで異界に紛れ込んだような不穏な気持ちになる。

さとみの夜

涙とも水分ともつかぬひとすじを
閉じた瞼にうるませ
ごめんね　ごめんねと
しきりに繰り返す
謝ることなどしていないのに

精気をむさぼるように
はげしく胸をうごかしている　さとみ
握りしめている手と手の指は

絡み合っているはずなのに
あつい思いは通い合っているはずなのに
確かめようとする二人
けれども
言葉には出さない

幼な児のような我がままは私を打つ
何もしてやれない愛を打つ
無防備なこころで打たれる
しだいに途切れようとしている命のそばで
はたして私は何者?

いま浅い眠りの中
子守唄を聞かせて——とせがむ
染みでる胸の血の声は

乾いた息づかいを浸す
時々　見知らぬ誰かが呼び止めるように鳴る
機械の赤い警告音
さとみも私も何かにすがって耐えざるを得ない
そんな夜が病室に充満している

＊娘、さとみが逝った。癌に蝕まれ二年に及ぶ闘病生活の末、逝ってしまった。一時は回復の兆しも見えはしたが、打ち勝つことはできなかった。享年三十五歳、悔しくてならない。

クロという名の犬

娘の可愛がっていた犬がいる。いつも一緒だった。二つの命の世界があった。あたりまえのことだけど、愛情って理解するもの、感じあうもの。人も犬も。

クロと娘はまさにその通りだった。三度目の入院の日、娘はそのクロを知人に託した。互いにすべてを諒解していたにちがいない。

二か月後、彼女が死んで自宅に戻ったとき、私はクロの行方を何とか探し出し、別れをさせる。永久の別れを——。

その日からちょうど七日、にわかには信じがたいことだけど、ある街で偶然、クロを見かけた。思わず名を呼ぶと、クロは新しい飼主の引き綱をはらってすがりついてくる。私は二、三度なでてやり、その目を見つめ、本当に最後のことばを告げてから戻るように促した。クロは引きずられるように角を曲がり、見えなくなった。

それ以来すでに一年、クロには会っていない。もうあの愛くるしい目を見ることはないだろう。

けれども、忘れることはできない。娘の亡き骸のそばで、その顔をくいいるように覗き込み、躰を小刻みに震わせていた一匹の犬。

そして、生き物にとっての出会いと別れ、その宿命に打ちひしがれ、冷たく重い石が今でも詰まっている、私のこの胸――。

梅の花の咲く頃

諍《いさか》いのように千切られた
婚礼の写真
角隠しで陰になった母のうなじに
笑みはない

交錯する
梅の木の枝の物語
寄り添っている誰もが
面影のある人たちなのだが

縁側の障子に射し込んでいる
妙によそよそしい光のように
口をつぐんでいる
ちぎられた断片は
どこに葬られているのだろう

そこに居たはずの
祖父母の姿は思い出せないが
今でも庭先にある
遅咲きの
梅の古木の花の咲く頃
赤みのない父の顔と私の顔は
なぜかよく似ていて肌寒い

この夏に

我が家を取り囲んでいる槇の生け垣
ヤブガラシは
暑い夏にからみついて伸びる
所どころに裂けたふくらみ　醜い地下茎
乾いた土の下を縦横に這い
小さな庭を侵略している
垣根の奥に顔を突っ込み
力いっぱい千切ってはみるが
取りきれない

あの時もそうだった
七十を過ぎた母の
しおれた体内に巣食った悪魔
否応なしに蝕まれ
生きながら崩れてゆく精神の残酷
見守ることしかできなかった

焼きつくすほどの私の夏
暑ければ暑いほど
しぼり出てくる血の汗みたいな不条理
母も持て余したであろう
生け垣に巣食ったヤブガラシ
くやしくて
くやしさで引きずり出そうとして

私はへとへとになる。

＊ヤブガラシ＝ブドウ科の蔓性の多年草、他の植物を覆って枯らすことがある。

＊不条理＝アルベール・カミュの「異邦人」より。

棚吊り

仏壇に
裏山の若竹を切って組み
おがら　ホオズキ
三色の飾りを荒縄で――
切り花を花瓶に一対
蓮の花
キュウリとナスで作った馬と牛
饅頭と
両親の好きだった白桃と葡萄を供える

毎年のことだが
少しずつ並べ方が違っている
ひとつずつ歳をとってゆく

干した藁の青臭さの残る
ホオズキの
赤い湿り気の残る
一日

トンボ

幼な児の愛くるしいそれではなかった
寺の境内を飛び交うトンボ
無邪気に捕らえてはその翅を指でちぎり
土手に作った横穴に
木の枝を手折って閉じ込めた
思えば何と罪深い遊び

たとえば
澄んだ瞳の奥底に横たわる澱みのような
あるいは

柔らかな後れ毛の先に潜む棘のような
そんな欲望のかたちを秘めて
人は生まれてくるのだろう

遠い日の昼下がり
少女の笑みの静けさに
翅をちぎられ　もてあそばれた
トンボの死骸

あの時
木の枝の格子の内側から覗いている
無表情な眼には
ほんの少し前まで自由に飛び交っていた
ふるさとの空への締めつけるような未練が
あふれていたに違いない

鳩

深夜の駅のホーム
食べ物をさがして
コンクリートの陰影の上を
行ったり来たりしている鳩
まだ産毛の残っているものもいる

夜をついばみながら
壊れかけたベンチにもたれ
私はぎしぎしと日々を捜してみる

疲れと安堵のしめり気が
薄皮のように身体を包んでくる

彼等に何かあげようとしても
何も持ってはいない
そう　私はひとかけらのパン屑さえ
持っていないのだ
ただ無言で瞬きしない眼を
見つめてやることしかできない
果たして
生きるとはこういうことか
哀れむとはこんな愚かなことなのか

けれども
鳩たちはとてつもなく自由だ

絶望的な自由の夜に
不安に怯えた表情など
微塵もない

野良猫

その雌猫の腹にはすでに次の命がいて、蠢いている。ちょっと前の雨の日まで育てていた二匹の子猫、今はもういない。

ひと月ほど前に目がやっと開きかけた子供たちを連れてきて、我が家の縁の下に棲みついた。かわいそうにと思い、私は気にかけていた。その子供たちが突然姿を消したのだ。けれども母猫は何事もなかったように大きな腹をすり寄せてきて食べ物をねだる。か細く哀れな声で、またある意味したたかに絡みつく声で。たぶん子供たちは母猫が遠くのどこかに託してきたのだろう。

思えば私が可愛がっているトラも、子猫の時に玄関の隅にうずくまっていた。ずぶ濡れで歩くこともできず、拾って育てずにはいられなかった。

私はやるせない感傷に、暮れてゆく胸の空虚をおぼえる。振り向けば庭の陽だまり、母猫のそばで元気にじゃれあっている子供たち。そしてトラが我が家に来た日の、戻る道を閉ざすみたいに降り続く雨……。

II

アルバムから

古いレコードの汚点《しみ》に
置き忘れた日々を捜してみる
表面の暗がりに
部屋の明かりを翳してみる
ずいぶんと擦り切れ　汚れたものだ

深い泉のような夜
薄っぺらな背中を領かせ
気持で拭き取り　磨く

母の涙や父の汗
女の唾液や　私の体液など
しっかりこびりついて　どうにも取れない
夜更けまでガムシャラに拭いて
疲れた身体をしじまに横たえる

レコードプレイヤーの針が
ひと筋の傷みたいな溝をなぞり
懐かしいアルバムを遡ってゆけば
きれいに磨いたはずなのに
パチパチと
切ない想いの音がする

指のかたち

冬の午後の角度で
ガラス窓を突きぬけてくる
琥珀色の西陽
気だるい睫毛にふれて
めまいのように眩しい

人は忘れものみたいに心を残してゆく
部屋のかたわらに置いてある
紙粘土で作った小さな人形

亡き人からの贈り物

光にかざしてみる
人形の輪郭に覚えのあるふくらみ
ありし日の陰影をみせ
息づいている

その白い肌を子細にながめ
触れて
爪のキズ　指のかたち
まして体温など
陽の落ちるまでのひとときに
その人を愛した痕跡をなぞって
私がいる

背中

僕らには別れるしか道はなかった
口には出さなかったけれど
出会った時の
あの最初の約束

僕らは夢を見た
会いたくてどうにも切なく
会うたびに愛しく
そんな感情を繰り返す十年

それぞれの世界の中で
僕らを捕らえて離さない何かを知った

僕らは泣いた
僕らは笑った
僕らは不安を隠して幾度も重なり
身体をささえ合う
互いの気持を繕う時間がその愛
けれども
僕らは背中を露わにしながら
無邪気に諒解せねばならなかった

いまひとり僕はペンを置き
心に残した夢を見ている
君と一緒にいた頃を思い出している

愛し合っているときの
ほっそりとしてどこか寂しげな
君の背中を

花園

大地は一個のオレンジのように青い。
エリュアール「愛・ポエジー」

君は一染の雲のように自由だ
垂れこめた空よりも自由だ
翼たちの揺らぎよりも
まして
大地の蒼ざめた囁きよりも
けれど草花は君を縛って永遠に離さない
蜜蜂たちは君の唇ほど純粋ではない

君はその花園を出て
明日に発たなければならない
恋する太陽みたいに
内なる小箱から
どうしたら解き放つことができるだろう
僕はそのことだけを考える

この絞りでる胸を
どうして君に告げよう
ガウンを纏った言葉を借りて？
冬に立つ全裸の木立の歌に乗せて？
あるいは　夜更けにひとり
オシアンの竪琴に託して？

恋人

たった一つの愛撫で　ぼくはきみを
きみのすべての光輝できらめかせる。
エリュアール「愛・ポエジー」

太陽は僕にとって
永遠の処女
公園の砂のベンチに腰掛け
コンクリートの草むらで微笑む

君の胸は山鳩のように膨らみ
その瞳は僕の頬を愛撫する
なんと香しきくちびるの隔たり
一本の線を越えようとする青い衝動

だが空はそれを許さない
あぁ　ウェルテルの嘆きよ……

けれども
いま凍ってしまった君のきらめき
世界の夜は墜ちて
季節は冬へと沈んでゆく

野に広がる後悔は延々と叫ぶ
――なぜ？
背を向けた光の笑顔は
恋人の姿で
僕の球体のへりにキスをする

別れ

ゆるい傾斜を保ちながら
線は私から遠ざかる
それがひとつの形だと解ったとき
私は　あなたから見えなかった

＊

受話器の向こうの
あなたの

か細い声の糸が
涙にほぐれて途切れた

＊

散り行くひと葉よ
風にゆれ　風に舞い　静かにおりて
記憶の底にかさなる
僕のひと葉よ

鎖

海は放たれているというのに
その船は繋がれた俺だ

自由を奪うもの
意志を奪うもの
鎖のようなもの

ここに居たいわけなんかない
望んではいないのに　憧れてもいないのに

本当は魚のように
どこまでも泳いで行けるのだ

俺の内部から伸びている黒ずんだそれは
千年も昔に愛した
あなたとのことさえも繋いでいる

海は明るく放たれているのに
船は　身動きできぬ音を
ぎしぎしとたてて揺れている
だが鎖は
俺自身にも断ち切ることができない

引き潮

潮騒をぬらして降る小ぬか雨
水平線は
気だるくこもる意識の遠くに消えて
見えない

ふと目をやると
寄せては返す波に戸惑いながら
犬が歩いている
捨てられたのだろうか

はぐれたのだろうか

意地悪な鉛の空
萎えた気持ちを押しつぶすみたいに
頭上に垂れ
砂浜の永遠は煙っている

私は　あのずぶ濡れの犬
波打ち際をひたひたと忍び寄る
薄暮に追われ
潮が引くみたいに長い
ため息をつく

傷

その写真には
妙に生々しい傷が写っていて
叫んでいる
あるローカル線の駅舎の古いコンクリート壁
悲しみでえぐられたその跡が
どうしてできたのかは想像しがたい
半世紀にもわたるであろう
その駅と人々との
歴史の仕業であるには違いないのだが

駅の構内で遊んでいる子供たち
ひとりが転んで泣きべそをかいている
いたずら盛りは体中傷だらけ
そういえばいつか
若さゆえに転んであの人につけたキズ
あの切ないキズはとうに癒えただろうか

私の内側のそこここにある
過ぎ去った日々の痛々しい痕跡
だれが私につけたのか
だれのためにつけたのか
思い出すつもりはないけれど
蘇ってくる

いくつもの遠い駅を通過し
手足をじたばたさせて此処まで来たという感慨
けれども　しわがれた胸の壁には
これからもなお深い傷跡が
記録写真のように焼き付いてゆくのだろう

街角

カサカサと
冬の歩道を転がる
木の葉の乾いた重さよ

風の気まぐれにまかれ
音をたてこすれ
慣れすぎた時間の吹き溜まりに
震えながらうずくまる

街はたそがれ　陽は傾いで
しだいに狭く
冷たくなってゆく角を曲がり
家路をたどる人びと
肩を落とした日々のように

そんな時
雑踏の背後から
懐かしい笑顔や明日のやさしさを
いつも語りかけてくれる聞き覚えのある声
あどけない影法師
あれはいったい誰なのだろう
あの影法師は……

テーブルの風景

この風景はなぜ
かくも深い起伏を湛えているのか

雨あがりの午後
なじみの喫茶店の椅子に躰をあずければ
蒼く曇った私のガラス窓をそっとあけて
緩んだ季節みたいに染みてくる光

そんな店の片隅に

記憶のように佇んでいるテーブル
分厚く薄く所どころへこみ
或いはくずれ
鋭くえぐられていたであろう
無数のキズもある

だけど
生きざまのうかがえる無骨な姿は枯れ
丸みを帯びてやわらか
寄り添う古いスピーカーの囁きに
ゆったりと包まれている

テーブルの形や色や手触り
にじんだ輝きの
その奥に隠れている寡黙な陰影

懐かしいあなたの背中のような
この風景

森の庭

わが家の庭は深い森になっていて
だから四六時中風が吹き
木々がざわめき
陽が射したかと思うとすぐに陰り
そんな毎日の続く場所である
けれど分け入っても風の出処は見つからない

敷地をかこむ槇の生け垣の一角
門から玄関まで仕切られたじょうぼうの

お茶の木のなごり
南の縁先の梅や柿
東の角の柚子の老木
かろうじて枯れずにいてくれる

日がな一日
アトリエの縁台に気持ちをあずけ
森を眺めている
両親や祖父母
そのまた幾代も前からここに暮らした
祖先たちのように
またたく間に過ぎてゆく風景を受け入れながら

結局私は
生涯この庭から抜け出せないのだろう

自らの何者さえも知り得ないまま
いや　抜け出す必要などないのだ
この始終風が木の枝をゆらし
鳥の囀りや虫の鳴き声
時に希望の光の花々の咲く
森の庭から

＊じょうぼう＝門から玄関までにいたる通路。

振り子

行ったり来たり
柱時計の振り子は
迷っているのか
考えているのか

コツコツと変わらぬ音を呟きながら
命を数えて
行ったり来たりしながら
命をさがして

ゼンマイを巻かなければ
止まってしまうくせに
急かしながら
コツコツと俺を刻んで

このあともずっと
行ったり来たりして
俺が死んで
ゼンマイを巻くやつが
いなくなるまで

付記

この第四詩集は、六十歳を越えた私自身のアルバムである。安部公房はその著作の中で「壁は人から生まれ　壁は人を生む」と書いているが、私もこの齢になるまでそれを繰り返し、何とか乗り越えてきた。この詩集はその過程を綴ったものである。

ところで生来私は不器用で、それは詩作についても同様である。たとえば、私の書くものはすべて経験したこと、「事実」以外の何物でもない。私には文章を観念的に、あるいは想像して書くことができない。

そのことは私のもう一つの顔である、写真家としての姿勢のためのようだ。それらの作品もまたすべて「事実」であり、ただ、あるがままに愚直にその対象の本質に触れようとしているのである。

そしていま、クリエイティブな姿勢を要求される現代詩の氾濫の中で、本当に私は詩人なのかと自問せずにはいられない。「私の詩」は哲学でもなければ主張でもコミュニケーションでもない、言わば「ひとり言」なのであるから。
けれども、詩の持つべきポエジーの表出はもとより、手法的にも、少しでも変化したいがために悪戦苦闘しているつもりであるが、やはり手ごわい壁にいつも阻まれて思うように書けないでいる。

さて、本書を上梓するにあたり多くの方々にお世話になりました。所属する唯一の詩誌である「覇気」の主宰者で、帯文を頂戴した中谷順子先生を始め、同人の方々の寛容さに助けられていることは最上の幸せであり、心より感謝の意を表します。また出版については前作に引き続き砂子屋書房の田村雅之様にお任せすることとなり、スタッフの皆様にはお世話になりました、あらためて御礼を申し上げる次第です。ありがとうございました。

二〇一五年八月

片岡　伸

片岡　伸（かたおか　しん）
一九五三年、千葉県いすみ市生れ。
日本現代詩人会会員
千葉県詩人クラブ会員
文芸誌「覇気」同人

詩集
『陽炎』　　二〇〇一年・草原舎
『夷隅川』　二〇〇三年・草原舎
『なみだ雨』二〇〇九年・砂子屋書房

写真作品集
『房総丘陵』一九九五年・光村 BeeBooks
『残像』　　二〇〇七年・光村 BeeBooks

詩集　29の欠片

二〇一五年一一月八日初版発行

著　者　片岡　伸
千葉県いすみ市岬町押日二八五九　片岡方（〒二九九―四六一一）

発行者　田村雅之

発行所　砂子屋書房
東京都千代田区内神田三―四―七（〒一〇一―〇〇四七）
電話　〇三―三二五六―四七〇八　振替　〇〇一三〇―二―九七六三一
URL http://www.sunagoya.com

組　版　はあどわあく

印　刷　長野印刷商工株式会社

製　本　渋谷文泉閣